KB265468

봄은 사무친다는
또 다른 이름

봄은 사무친다는 또 다른 이름

유 명 선 시집

도서출판 도훈

시인의 말

겨우내 꽁꽁 얼어 있던 땅을 뚫고

엊그제 노란 수선화가 꽃망울을 터뜨렸다

소리도 없이 지난밤 내린 춘설을 이고

피어 있는 여린 꽃망울에 가슴이 아려 왔다

다가 올 늦봄의 저녁 그 나른한 축제를 기다리며

지난겨울 참 많이도 쓸쓸했다

차례

3부

1부

바람결에 들리는 소식은
그저 그냥 살아있다는 거지

지루한 생

모두들 바쁘다 아우성인데 나는 지루해
지루함은 게으름이라고들 해서 의뭉스럽게 쓸모 있는 일을
하기도 해 봤고
아무렇게나 살아 보려 언 발에 오줌 누기도 해 보고 추방자의
삶으로
쫓김을 누려도 보고 찔레꽃의 가시에 찔려서 피멍이 들기도
했었지
더욱이 타락한다는 게 어떤 건지 말할 수 없어서 지루해
바람이 시키는 대로 하면 삶이 절단날 거라고 해서 굴복당하
는 척했지만

이보다 더 견딜 수 없는 건 내 이름 석 자야
이런 나를 어쩌지 못해서 지루해

나는 왜 딱, 이 사람인가
다른 생으로 한 번, 아니 여러 번 살아 보다 갈 수 없어서 지루
해
당신이 내가 되고 내가 당신이 된다면

내 속에 나는 내가 아니고 당신 속으로 스며든 내가 나라면
지금처럼 무섭도록 외롭지 않을 거 아냐
서로 서러움 없이 명랑한 얼굴로 살 수도 있을 거 아냐
그래서 지루한 생도 한 번뿐이라는 사실이 위로가 되지는 않
아

오늘따라 호박꽃 잎을 뒤집어 속 방을 환히 보이고 있네
늘 지루한 하루가 더욱 지루해서 사무치네

미완성

마음 하나만으로 충분하다고 누가 그래
성실함과 솔직함이 미덕이라고 누가 그래
우선은 만물의 마음을 읽어야 하는데
내 마음 돌보느라 허덕이는 걸

그럴 수도 있다고 누가 그래
시를 쓰면 찾아진다 해서
기웃거려 보았지만 사는 일의 사나움이 시를 사사롭다고 말
하니
휘어질 때 잡아 줄 거라 믿었던 나로선
미치고 환장할 노릇이지 그래서 이쯤 해서 선을 딱, 긋고 아
무렴
되는 일 안 되는 일 왔다갔다 진열만 하다 말아도
그것이 원래 그런 거니까 여기서 그만 끝내 볼까 하면?

그것이 나름 완성이라고 누가 그래
슬픔도 지겨워 능청이나 떨면서 살고 싶은 마음이 사실은 그
게 다였다는 게

제일 쉬운 방법이라는 걸 후딱 알아버렸으면
동그라미 그리려다 무심코 그린 얼굴 옆에 미처 마무리 못 한
선이
휘-익 또 다른 얼굴을 그리기 시작하는 걸 보고
속 태우며 잠 못 들지 않을 거 아냐

누구도 모르니 누구나 그럴 거라고 누가 그러긴 하던데

그래도 인생은 즐거워?

돈이 세상의 전부인 거야 세상에 믿을 놈 하나도 없어

언제 뒤통수치게 될는지 몰라

약간의 시간 차이가 있을 뿐이지 별 인생 없다는 걸 명심하고 고민하지 말고 살아

창의적인 삶은 맞지 않으니 지금까지 해 온 습관대로 그냥 쭈-욱 살고

반성은 절대 하지 마 남들도 그런 거 안 하고 살고 있어

어차피 무엇인가를 해도 안 될 거야

하루를 치열하고 바쁘게 살도록 노력해

혼자 있는 시간을 되도록 만들지 마 그러다 혹시 혼자 있는 시간이 찾아오면 자신을 돌아보려고 할지 모르니 그런 순간을 만들지 마

내면의 소리를 듣는다는 건 괴로운 일이잖아

또 하나, 핏줄은 인생에 별 도움이 안 되는 원초적인 경쟁자일 뿐이니 기대하지 말고 각자 알아서 살아 사촌이 땅을 사면 왜 배가 아플까

가끔 기회가 되면 객기를 부려 더러 지루함을 달래 보도록 해

실수는 인간의 본질이니 같은 실수를 한다 해도 크게 신경 쓸

거 없고
　어차피 순간에 지나가 버릴 인생이래
　걱정 마 죽어도 다시 태어나지 않는다잖아
　개똥밭에 굴러도 이승이 낫다는 말도 있어
　그래서 인생은 즐거워?

　늘 살 만큼 사셨다고 노래하시는 앞집 구순 할머니에게
　숨도 안 쉬고 물어 봤더니

　댓돌 아래 떨어진 신발 허겁지겁 신고 나오는 나를
　물끄러미 바라보며 눈만 껌뻑거릴 뿐

　뭔 말인가 들은 것 같기는 한데…

삶이 진실에 베일 때[*]

빈터에 자리를 내 주고 하나 둘 떠나간다
자고 나면 늘어나는 빨간 페인트 '철거예정'
수없이 여닫던 문짝은 바람에 몸을 뒤채고
무례한 시선들은 허물어진 벽을 할퀴어
채 못 가지고 간 남루는 골목에 뒹굴고
이리도 우리의 삶은 만지작거리다 마는 것인가
집이란 우리 냄새로 단단해지는 곳이 아니었나

작은 꽃밭에 노란 국화 피었다
곧 삭풍 부는 겨울인데
우쭐대며 그릇을 진열하고
살 곳은 어디인가
병든 어머니 업고 내려올 일도 큰일이다
초승달 뜬 언덕길을
휘청거리는 취기 안고
아직은 이곳을 오른다

오늘도 무사한가보다

내 집 불빛이 보인다

나를 기다리다 잠들었을 석이
말라 버려 서걱거리는 가슴을 데우는 붕어빵
들숨이 크게 삼켜지는 건
비탈길 때문이겠지

* 신형철의 산문집 『슬픔을 공부하는 슬픔』에서 가져오다.

부탁해

떠나오던 날에 혹시

비릿한 냄새를 흘리고 왔다면

그건 어둠이 찾아오는 거라는 걸 알기 바래

아주 먼 곳으로 떠나간다 해도

나를 아예 다 가지고 가는 건 아니라는 것도 알기 바래

과거와 미래가 뒤섞여 만나는 순간이 올지도 모르지만

나를 버리는 일은 있어도

결코 너를 버리지 않는다는 걸 잊지 않길 바래

너와 닮은 것만 이해했던 날들과

모든 힘은 담담함에서만 나온다는 것과

삶은 어차피 허구라는 건 무시하길 바래

뜬금없는 소리 같지만

해질녘 외로움이 찾아오면

있는 힘을 다해 세상 탓만 하려 애쓰길 바래

바람결에 들리는 소식은

그저 그냥 살아가고 있다는 거지

다만, 사연이 풍경으로 내려앉는 걸

물끄러미 바라보며
씨-익 한 번 웃어주길
부.탁.해.

시시한 편지

알고 있었지
네가 그리움에 복사꽃 꽃잎을 세며 지내는 것과
달이 채 지기도 전에 새벽닭이 우는 아침을 맞이하는 것과
그럼에도 상심한 네 시대는 여전히 흘러가고 있다는 것과
그 시대가 마구 흔들리는 것과
이제 유한무공의 세계에 눈을 뜨고 있는 중이라는 것을

이젠 봄날 꽃들이 수런거리는 소리를 들을 수 있을 것이며
나 없이도 이리 날고 저리 나는 너의 거처에서
가장 힘든 건 주야장창 긴 긴 날들
이 날들은 언제까지냐고 내게 묻지만
나는 모른다고 대답하고
끝이 있기는 하냐고 묻지만
그걸 아는 이는 하늘 아래 아무도 없다고
눈길 피하며 한숨만 몰래 쉬었지
그럴 땐 바람 한 겹에 슬쩍 한눈팔기를
그렇게도 짧은 우리의 생이 비루먹은 모습으로
한 그루의 나무만도 못하다는

혼잣말의 무거움에 눈을 뜨고
너의 생이 비로소 출렁거리고 있구나

귀가
– 겨울여행

긴 여행에서 돌아오니
옷깃에 아직 묻어 있는
남쪽의 바람과 햇빛의 냄새
마음 밭에 거름이 되기엔
한참을 더 어루만져야 할 기억들

잘 지내며 익숙했던 공간도 쌩뚱맞은 얼굴
번개탄의 불은 당최 사그라지기만

지나온 남해 바다의 훈풍도 생각하고
바다가 보이는 양지 바른 비탈에 누워 계신
박경리 선생님께 술 한 잔 올리던 마음 다시 꺼내어 봐도
결국 체온을 올리는 다른 방법을 찾아
냉장고에서 소주병을 꺼내든다

철퍼덕 떨어지는 결기
도대체 시인은 무슨 말라비틀어진 시인
이 정도 추위에 영혼까지 탈탈 털리면서

염치와 수치 사이

지극히 다정한 눈빛으로 허공에 스-윽 한 번 시선을 옮겨 놓았
다가
버리기가 애매한 것들을 모아 애정이라는 양념을 버무려서
손에 들려 보내 주는 보따리를 널따란 어깨에 둠찟 올라 앉힌 채
받아 온 나는 그 맘에 감동을 섞어 이제 더 못 버리지 못 버려
새 것을 주면 내가 부담스러워 할 걸 미리 배려하는 걸 거야
내가 염치가 있는 사람이라는 걸 눈치를 빡 채서 아마
살짝 여유가 있다면 거절해도 무방하다는 얼굴로
토닥토닥 쓰다듬는 맘으로 가져 온 것들을 잊지 말아야지
그 정성 가만히 두고 보아야지 그것만 보아야지
그러다 어느 날 가만히 저기 마음 깊숙한 곳에서 수치라는 놈이
스멀스멀 뜸을 뜨고 있네
이런 우라질 글자 하나 차이에 이런 화두를 던져 주나
받는 건 주는 건데 사람 참 엇갈려서 서글프게 만드는 재주가
있었네

어? 추수 끝난 콩밭을 직박구리 열심히 더듬고 있네, 있어

섬(島)

– 아이들

서둘 것 없어 그냥 아직은 대강만 알면 된다구

뭣이 중한지 꼭 다 알 필요도 없구

아는 척 마구 떠들어도 되고

화나면 슬렁슬렁 바다 기슭을 헤매다니다가

파도 소리 보다 큰 고함도 쳐 보고

그래도 힘들면 자신의 마음만 챙겨들다가

삐끗해서 다리를 다치면 그 자리에 주저앉아

실컷 울어도 좋구

(뭐, 나도 잘 아는 게 없으니 굳이 본 받으려 하지는 말구)

다만 섬에는 뭍으로 나가는 방법이 그리 많지 않은 걸

어차피 곧 덤덤함이 찾아 줄 테니

하늘을 자주 올려다보고

별들이 알려주는 길을 놓치지 말구

아직 풀밭 성성하니 낮잠 늘어지게 자도 좋아

곧 잔디에 삭정이만 남을 가을이 닥쳐 올 거야

무엇을 상상하든 모든 건 예정보다 빨리 가고 있거든

(여하튼 선배들이란 참 별 소용이 없으니)

이것만큼은 꼭 꼭

참회

처음엔 파란 하늘 아래에서 시작됐다
어슬렁거리는 마음으로
멀리 비행기 지나간 흰색 띠를 아득히 바라보다
지나온 시절의 화인을 들추며 들락날락
…….
…….

꼼짝 않고 앉은 내가 조용히 흔들리기 시작한다
곧이어 무너져 내린다

춘천역에서

안녕들 하신가….
서울 가는 막차도 떠나고
강가에는 밤안개가 뭉칫뭉칫 몸을 풀어
오갈 데 없는 나는 추위에 갇힌 채
허룩해진 가슴을 쓸어안고
누군가가 열차를 기다리며 앉았다 떠난 의자에
삶을 집어치울 것처럼 털썩 주저앉아
이 밤엔 더는 오지 않을 것을 알면서
날 속인 모든 시간들을 향해
그래 이젠 안녕
수선거리며 옷자락 스치던 소리
가슴에 기대 울던 몸짓들
남루한 가방 속에 든 오늘이
이별을 끌고 가는데

이젠 낯설어진 이름의 서울을 향해
모두들 안녕하신가

안개는 마침내 철길을 삼키고
나도 기어이 어둠 속으로 몸을 던져
주머니 속 소주값을 만지작거리며
나도 이 밤 안녕하려고

불현듯

반문과 허문 사이를 서성거리며 살다
삶의 요철만 들여다보고 살다
문득 허허로워지면
목적지도 없이 버스에 올라
특별할 것도 없는 풍광에 무념무상

(얼핏 담장 아래 떨어진 능소화를 본 것도 같고
수국의 꽃잎에 푸른 하늘이 들어 있는 걸 본 것도 같고)

기다림을 접어놓은 걸
널널한 삶의 여유라고 우기며
헛기침 속에 쩌릿해져오는 징한 거, 그거
알면서 이 불현듯이 두려워
깨어 있음이라고 가장한 채
몸속을 헤집고 다니는 신열에
그리하여 삭아 내리는 내 삶의 모양을
물끄러미 바라보기만 하는 거지

설핏 풋잠 자다 가는 게 인생이라는 말은
아무래도 내 모자람으로는

햇빛 단상

댓돌 위에 보자기만한 크기로 걸쳐 있던 햇빛이

흠흠거리며 담쟁이 잎에 잠시 머물다

부추밭을 지나 장미 넝쿨 담장에

길게 실눈 뜨고 잠시 망설이다

금세 소슬해져서 뒤뜰로 난 창호지 문살에

노란 등불 켰다 사라지면

이내 막막하고 애틋해지기 시작해

매번 쓸쓸함에 가로막혀

이른 저녁에 찾아오는 초저녁별에

남긴 빛 한 자락이라도 보일까

잠잠히 어두워지는 하늘가 서성거려

어느 사랑이 이처럼 계량도 않고 퍼갈까

어쩌다 보니

어느 날은 풀 죽은 얼굴로
마주치는 타인의 눈빛에 더러 주저앉기도 하고
사랑하는 마음은 어디에 둘지를 몰라
슬며시 숨은 듯 사라져 보기도 하고
이유도 없이 슬퍼지면 밤 기차도 타 보고
어른이라고 소리치는 꼰대들의 무리에 끼지 않으려
몸부림도 쳐 보고
한없이 여리고 이쁜 놈 가슴에 묻은 채
내장을 훑는 여러 밤도 지새 보고
울화에 몸 떨려 소리조차 내지 못해
내 말이 뭐냐 하면… 어-휴

이리저리 저리이리 헤매 다니며 살다 보니
귀가 순해지는 나이 '이순'이랍니다

비문

애써 전할 것도 잊으려 애쓸 것도 없고
굳이 떠나는 자 떠나게 두고
오는 자 발걸음 거리를 두고 천천히 오게

허물어진 옛 성곽을 비추는 햇살 아래
어차피 옛날로 들어갈 날들
결코 무모하지 않았던 시절은 없었고
지구의 한 모퉁이에선 아직도 피 냄새
우리는 아직도 오리무중의 시간들을 또 흘려보내고

의문을 찾아 마중 나온 답은
발끝에 바람을 지우는데
부끄러움도 기억 속에서만
이젠 비애를 찾아나서야 할 판
너덜거리는 영혼을 몰래 감싸 안고
뉴스 속에 사연들 내 알 바 아냐
치명적인 일들만 일어나지 않으면 돼
나만 아니면 돼

2부

다음 생은 슬픈 숨소리 내지 않고 살고 싶어

수수부꾸미

길디 긴 여름날 햇빛을 피해 뽀뿌링 치마 하늘거리며
양산 받쳐 들고 가는 아줌마 뒤를 따라
그늘 한 움큼 적선 받으며 갔던 거지
그때가 아마 일곱 살쯤 되었을 거야
네 살쯤인 동생의 손을 잡고
문산 선유리 시장이라는 걸 후에 알게 되었지만
다 식어 빠진 점심을 혼자 먹는 것처럼
시절을 그냥 민감하지 않은 척하고 있는 거지
시장통 한 귀퉁이에서 수수부꾸미 장사를 하던 엄마
얼굴이 수수부꾸미 빛깔이었던 엄마
나이가 삼십을 갓 넘었었을 거야 아마
만일 당신이 신작로 길로 먼지 뿌옇게 일으키며
달려온 버스를 타고 떠난 후 영영 돌아오지 않았다면
어땠을까 하고 종종 생각해 보는 버릇이
손에 묻은 간장 자국의 냄새처럼 당최 사라지질 않는 거지

그때의 여름날이 보내오는 수수부꾸미 맛은 가을 저녁이
서늘하게 내려앉을 때까지

그 시절의 소식을 끊임없이 전해오는 거지

해서 우린 가난한 영혼으로 잘도 견디며 살아온 삶을

'영혼이 가난한 자 천국이 저의 것'이라는 성경 말을 '개뿔' 하
면서

그 말을 몸 어디에 두어야 할지 고민 살짝 하면서 살고 있는
거지

다만 수수부꾸미 맛에 천국이 들어있었다는 걸 우리만은 알
고 있는 거지

그러면 되었지 안 그래?

비망록

하루가 그저 유영하며 흐르던 날들
내 안의 화기로만 쩔쩔매던 시절

매일 드나들던 종로통
세운상가 2층에서 일명 빨간 잡지는
여학생에겐 안 판다며
해맑은 얼굴로 장발을 빗어 넘기던 나팔바지

몇 시간이고 다방에서 음악에 심취한 죽순이
울렁거리게 만들던 죽돌이들의 스킨 냄새

희끄무레한 서울의 달 보며
집집마다 꿈이 같던 아메리칸드림

가슴에 벼리는 거 하나 없이
대상도 모호하게 칼만 갈다
느닷없이 독재자 사라지고
최루탄에 얹혀 온 빛고을 지옥의 소식

내 달릴 수도 버티기도 힘들었던
광주에 있는 오빠가 연락이 안 된다며 울던 친구
무아다방 매캐한 담배 연기 속으로 흐르던
Black Sabbath의 She's Gone

몸에 새겨지기 시작한 홍반
그 시절 언저리부터였을 거야, 아마

탑골공원

벚꽃잎 휘날리던 어느 봄날
지나치던 탑골공원에 거짓말처럼
중절모를 쓴 아버지가 계셨네
시끌벅적한 소리에 싸여
소심과 손을 잡고 장기만 두고 계셨네
한참을 곁에 섰다가
아부지!
눈이 커지더니 이내 번지는 함박웃음
여기 우짠 일이냐
갑자기 소심한 아버지 온데간데없고
얘가 내가 늘 말했던 그 딸이여

우리는 낙원시장 지하로 내려가
한 그릇에 3천 원 하는 잔치국수에 막걸리를 마셨네
젊은 시절의 아버지 몸짓이 돌아와
봄을 한껏 안은 가슴엔 국가유공자 뺏지
물기 가득한 눈빛과 허공을 쥐었다 놓던 노래 한 자락
툰-녹은 삼팔-선에 꽃-이 피--누나

돌아가신 후의 탑골공원은
아버지 닮은 누구의 아버지가 계시고
나는 탑골공원을 외면하며 지나가고
아직도 낙원상가 지하를 내려가지 못하네

삼팔선 언저리에 어쩌다 오두막 짓고
산벚꽃 흩날리는 봄이 벌써 몇 해째
봄은 사무친다는 또 다른 이름

산골 여인

젊은 시절 평화시장에서
인정받던 미싱사였다는 그녀
'전태일'이 누구인지 모른다고
부끄러워하며 동생들 학업을 위해
초등학교를 겨우 마쳤다는데

한 번도 꺼내 본적 없는 사연 꼭꼭 여민 채
혼자 산골 조그만 오두막으로 둥지 틀어
마당엔 자기 닮은 수국 잔뜩 심어 놓고
해찰하듯 웃으며
가는 세월 하나도 아쉽지 않단다

동네 어르신들 수의를 만드느라
오지게 손끝이 바쁜데
겨울밤이 너무 길어서-
바늘의 공양으로
남은 삶을 이어가고 싶다네

산길 넘어 싸복싸복 찾아가면
한낮인데도 형광 불빛 켜야 보이는 방 안에서
달처럼 부은 손을 감추며
보조개 파이게 웃는 얼굴
가만, 누구를 닮은 거지?

꿈

일생을 후회와 소심으로 살다 간 영감
어젯밤 꿈에
리어카에 양은그릇 잔뜩 실어 와
마당 가득 쏟아 놓고는
그릇 값을 내 놓으라 하데
평생 대신 갚아 준 빚이 모자랐남

여느 꿈같지 않고
출렁대는 마음 물결
다 못한 정성이 자꾸만 떠오르네

요즘,
애들이 내 눈이 암사슴을 닮아 간단다
에미 노릇 얼추 끝나 가는데
내 병으로 자식들 고생시키지 않기를 바라는
마지막 꿈

다음 생은 슬픈 숨소리 내지 않고 살고 싶어

평생 욕심 없이 살았으니 이루어질라나

보름인가 보네
달빛이 목련나무에 불을 켰네
꿈길로 영감이 다시 찾아올까
쉬이 잠 들 수가 없네
자꾸만 가슴속에 바람이 드네

섣달그믐

'80년 전에는 저것이 나이더니
80년 후에는 내가 저것이로구나.'*

날카롭게 심장에 와 닿는
서슬 푸른 뻣뻣한 기개에도
심연 속 평화는 곁을 주지 않고
한생을 살아도 거죽만 핥다가 갈
차오르면 모두 다 지고 만다는 의미도

단 한줄기 빛도 허용 않는 암흑 속에서
무지와 고요만 질펀하다

* 서산대사의 글.

작가란

처음엔 제 살 제 상처 뜯어먹다

부조리한 세상에 눈을 뜬 후
타인의 아픔에 잠 못 들고
햇빛과 한줄기 바람에
너울거리다

엉거주춤
남들과 비슷한 일상을 흉내로 살다가
제 안 어디에
어느 만큼의 샘이 들어있는지
물길이 따라오면 진득함은 냅다 버리고

둑이 무너지는 걸 막을 수는 없잖아
피할 수도 없어
수장되고 싶은 거지

살아서도 죽어서도 영원히
은퇴하지 못하는 자

음주견문록

첫 잔은 인생의 쓴맛이 무엇인지를 생각하게 한다

늘 서성거리다 마는 감정들이 드디어 집중하고
비가 오니, 눈이 내리니, 공연히 울적하니…
물렁해지는 내장 속으로

어디에서도 맛보지 못한 느낌이 번져 와
각자의 황홀함은 설명할 수 없지만
평소엔 보이지 않던 뜻 모를 눈빛이 살아나
영혼이 수시로 콜록거리다
시간이 몇 칸씩 공중뛰기를 하면
뜨거워진 심장이 참지 못하고
눈물을 쏟아낼 때도 더러 있지

장막 저 뒤편에서 슬쩍 악마의 미소를 본 것도 같아
고개를 흔들며 치욕스럽다 할라나
현실을 떠난 다른 세상의 입맞춤은 짧을수록 좋아
절대 감출 수 없는 냄새를 사정없이 날려 보내는

정직한 사도

'늦은 밤 어느 시인의 술안주가 되어도 좋다'는
'명태'에게 평생을 갚아도 다 못 갚을 빚

견문록이 서서히 끝나간다고
내게 말 해준 사람이 누구더라

전방 골짜기

젊음의 열정을 멈추기 힘들던 시절
마장동 시외버스터미널에서
3년 동안 전방으로 가는 첫차를 많이도 탔다

간절함이 꽃이 피면
집착도 망울을 함께 터트린다는 걸
그때 알았다

신들도 나들이 갈 것 같은 봄날엔
연두빛 순정은 실눈을 뜨고
면회소 뜰에 선 미루나무까지도 꽤나 사랑했었는데

세속의 커튼이 서서히 장막을 드리울 때
풋내를 감추며 시절이 돌아앉았다

바람에 속을 들켜버린 날엔
전방 골짜기라는 읍내 터미널로 간다

면회 끝나고 헤어지는 어린 연인들의 몸짓
이별조차 명랑한 세대
말랑하고 꿈틀대는 순정

명치끝에 불 들어오는 소리
고해성사를 하듯 마음 한 자락에
글 문이 열린다

헤어지는 방법

우리의 만남이 그러하듯
헤어짐도 신비한 일이라서
서로 쓰다듬던 손길 허공을 흔들다 놓으며
안녕
다정했던 시선 그리워 잠시 울컥
그러나 익숙해지겠지
함께했던 시간들은 제 몫의 무게로
곧 아득해질 테니

세월을 건너
다른 마음 담을 터가 생기면
그땐 못 다 준 사랑
맑은 눈을 하고

때가 되었다는 것은
무르익었다는 말
꽃잎이 진다고
슬쩍 돌아서서 눈가를 훔쳐도 좋아

눈빛으로 이미 알고 있었잖아

그때가 바로 그 때야

화火

내안은 늘 뜨거움으로 가득해
그 힘으로 살았다

바람에 환구를 활짝 열면
열이 빛이 되는 줄 알았다

꽤 오랜 시간
불길에 춤을 추며
말라 가는 습기를 허겁지겁 먹으면
온몸에 푸른 자국의 화인이 보였다

불춤은 이제 그만
사위어가는 불씨를 힘껏 먼 곳으로 던져 보내니
허공에 지은 집을 삽시간에 삼켜

열도 빛도 영 글러먹은 생인가
백주에 생트집이나 잡다가 갈 몸

내 사주가 태양인이라네
하 –

호우주의보

그날이 정확하게 기억나지 않아
헐렁한 시간들이 삐걱대는 소리
해당화 꽃잎을 살피다 가시에 찔려
살짝 피를 보기는 했다

사랑은 늘 예상치 못한 길로 이끌어도
그게 좋았다

습기를 잔뜩 머금은 바람이
산마루를 넘어 진격해 오고
창포는 벌써 알아채고
사랑을 가두려 잎을 접고
꽃 대궁이 꺾일 듯 요란 떨던 모란꽃이
결국 무릎을 꺾어 꽃잎이 흩날려

어떤 삶은 평생 −주의보에 떨지만
몸이 젖는 것은 비 때문만이 아닌 걸
아는 사람들은

사랑이 끝난 후엔 애써 바람이 되려 한다
흘러가는 것들이 가는 곳을 아는 걸까

아마, 그날 서둘러 창문을 닫았던 거 같다

겨우

멀리 떨어져 집밥 그리울 똥강아지들에게
겨울이 오면 연탄난로의 도움으로
엄마 밥, 엄마 사랑을 만들어 보내니
마음까지 난로 불에 함께 데워
하여간 못다 전한 사랑이라 여기며

많네, 적네, 구시렁거리지 말고
이 사랑스러운 것들아
에미는 우체국을 다녀온 날은 단잠을 잔다
겨우 이런 걸 가지고?
며칠 뒤면 슬며시 고개들 아쉬움에
마련이 또 자리 잡겠지만
시간이 지나 내게 더 늙음이 오기 전에
내 손맛이 변하기 전에

겨울 해 그림자 길어졌다
늦어질까 마음이 허둥거린다

서쪽으로 창을 내었어

한풀 꺾인 햇빛이 다소 쓸쓸하게 여겨짐이 좋아서
사람도 가차 없음은 무정함과 같지 않은가
적당히 비껴간 볕엔 자기도취의 허영이 허용될 거 같아서

햇볕의 문양이 옮겨 가다
노을이 물수제비뜨듯 창가를 건너가면
흘러가버린 것들이
혼란과 변명으로 마구 뒤섞여
감성의 탈을 쓴 우울도 괜찮다

드디어 서쪽으로 창을 내었어

이젠 늦은 오후부터
언제나 부재중일 것이야
꼭 여며 두었던 마음 풀어헤치고
동산에 달이 올라오기 전까지는 말야

3부

봄비에 허물어져
풋사랑 몸살나서 혼자 벗는 몸
절정에 먼 산 뻐꾸기 곧 화답하겠다

겨울 강변에서

샛강엘 다녀왔지
겨울 강변은 조용한 줄 알았는데
강물이 '끄엉끄엉'
소리를 내며 울고 있었어

강기슭의 갈대들은 바람을 찢고

새 한 마리 날지 않는 코발트빛 하늘가에
한 줌 햇살로는 어림없어
옴짝달싹하지 못하고
강가에 풀어 놓을 말 한 자락 하지 못한 채
이래저래 색색거리다 돌아왔네

지니고 간 상념은 거기다 두고
강물의 울음소리만 담뿍 담아서 왔네

다행이 할 말이 무엇이었는지
아무리 생각을 해봐도
도대체 기억이 나지를 않네

입춘

무심한 듯 해 뜨는 자리 살짝 옮겨 놓고
날씬한 여인처럼 목덜미 가냘프게 고개 외로 꼬고
어디 잠시 다녀와야 한다며 냉기 싸아하게 부려 놓아
매화나무 가지에 꽃망울 단단히 여며주는 살뜰함
덩달아 조바심에 창문만 수없이 여닫고 있는 난
안중에도 없나보군 대길장군!

여름날 오후, 애愛

고요히 멈춰 오랫동안 가만히

흔들림 없이 뻐꾸기 소리만 가지런히

변하지 않기를 바라는 것들과

변해야 좋은 것들과

변해서 슬픈 것들이

굳은 맹세처럼 다시 돌아와

꽃밭은 이미 사랑에 꽃등을 켜고

당신의 살 속으로 자꾸 스며들고 싶어

쩍쩍 달라붙는 바람도 떠나지 않고

아마 향기를 먹지 않고는 못 베길 거라며

축대 아래 사과나무와 포도송이에 잔뜩

지랄을 떨며

아유 이 사랑을 모를 리가

벌써 씨방에 말캉한 양기 들어앉을 시간

소쩍새

울음으로 다 못 전한 설움
검은 숲에 부려 놓고
듣는 밤이 저물도록

애달픈 소리의 소요消遙
얇은 잠옷 뚫고 나온 잉걸불

죽자고 찬란 떠는
허술한 소리
허망한 소리
그리움에 불 들어오는 소리

무한한 근원에 촉수를 대고
눈꺼풀을 자꾸만 걷어 올리고
파문과 파문 사이에서
가만히 흔들려

끝내 아침이 오지 않아도 좋다

겨울 아침

겨울이 끝나가는 이른 아침
마당 귀퉁이에서 생을 다한 딱새의 주검에
빈한한 햇살 한 줌 얹혀
가만히 지난여름 흔적 찾는다

"아, 아, 알려 드리것습니다. 오늘 새벽에
종만이네 할머님께서 돌아가셨습니다
장례는 집에서 모신다고 하니
바쁜 일이 있더라도 종만이네 집으로 가서 문상하시길 바랍
니다"

허물을 벗어놓고 우주의 속살로 들어서
정지된 것이 궁극의 세계인가
돌아서 가는 길은 모두 같은 길일까

한생이 지고 있는 이 아침에
다 쉬어 버린 김장김치 반찬에
입 안 가득 밥을 꾸역꾸역 욱여넣는다

겨울 외출

앞에 놓은 시간들이 뻣뻣하게 직립을 하면
말랑거리는 연한 것들이 그리워
내 손이 제 손을 잡는 일 그만두고
어디 칭얼거릴 만한 데가 없나
아주 빈한해져서
나- 아주 쓸쓸한데…

저기 당신들의 눈빛이 닿는 그곳으로
쓰-윽 스며들다 오고 싶은 거지

감춤 없이 뒤틀림 없이
아픔도 자랑이 될 수 있음을
서로 넉살 좋게 펼치다 오고 싶은 거지

햇빛 인색한 길섶에 잔설 날리고
꽁꽁 얼어붙은 날개를 간신히 접어
추위 말고는 다 괜찮다고
누구라 하는 곳에 잠시 앉았다 돌아오면

영락없이 연탄불은 꺼져 있고
콜록대며 잘 피지도 않는 불 살리다
헛짓한 건가봐

안절부절하며 속 태우며 기다리는 게
어디 봄뿐일까

백락사, 거기

나들이하는 마음으로 거기 가면
마당 가득 떠도는 다스리지 못한 마음이
뒤뜰에 걸린 거미줄을 닮았지
젖은 내장에선 쓴 물이 올라
풍경 소리에도 억지 트림
누구는 깊은 울음 토해내다 가고
누구는 한바탕 넋두리 풀어놓다 가고
그래도 말 못 한 사연들은 비슷한 온도로
대웅전 처마 끝에 무심한 시선으로 걸쳐 놓고
'우리는 결코 불행하지 않은가요?'
각각의 그림자 길게 드리우고
아무런 기별도 없이
고독한 손길을 여민 채
빛이 되는 걸음을 들여 놓는다

이젠 나도 그들의 일부가 되어 내 안부를 들고
백락사, 거기
스님의 미소를 만나러 가는 걸음이 재다
극락이 따로 있겠나

배 터의 흔적

매일 지나는 산책길
페인트 색 바래 간신히 읽히는 '배 터'의 푯말

강기슭 수초 더미 속에
잘방거리는 물결 따라 몸 뒤척여 보는
물에 반쯤 잠긴 낡은 배 한 척
나그네였던 내 맘처럼 사뭇 흔들리기만 하다
저도 이젠 떠나지 못해
대신 뱃머리에 걸터앉힌 채 잡고 있는
갈 때가 이미 늦은 봄볕

민들레

문 앞에 피어서 처음엔 문들레였다지
햇빛만 알아보는 땅에 바짝 몸 붙여 살다
꽃들이 다투어 피기 전
가만히 봄볕 쬐며 혼자 노래해도
벌과 나비 데려 올 줄 알아

떠날 때는 작은 키 한을 모아
가능한 멀리
보이지 않겠지만 나에게도 날개가 있어

그저 한생을 땅만 쓰다듬다 가네
흙의 저릿한 말만 잔뜩 품고 가네

자생 돼지감자를 캐며

농사의 시작으로 밭을 갈아엎는 시기가 오면
삽질 끝에 툭툭 제 몸을 드러내는 기적
땅 속 어디에서 존재의 화엄을 지으며
몰래 조용히 하늘과 내통한

서로의 끈적거림은 우리네 숲이 아닌 걸
사실은 담백함이 제일인거야

잔뜩 채우기만 하다 탈이 난 기련을 위해
냄새도 맛도 엉김도 주지 않고 허허실실

길들여지지 않은 야생의 뚱딴지와
한바탕 씨름을 하는데

참, 오지게 못생겼다
정 많은 앞집 아재처럼

팽목항에서

집에서 출발해 하필 7시간이 걸릴 줄이야

깃발만 펄럭이는 팽목항
눈물의 향불을 올린다

꽃피는 4월은 더 잔인해졌으니
용서를 빌 자격조차 없고
가슴의 만장을 달고 초혼가를 부르고
한숨도 몰래 쉬며 살아가야 할 일만 남았다

순결한 손길들을 끝내 잡아주지 못했던
사는 동안 원죄가 되어버린 통한
꽃들이 남겨 준 사랑해
이 말을 받을 자격이 우리에겐 없다
저 세상에서도 우리를 용서하지 말아라

코발트빛 하늘에 마음도 눈도 베어 버린 팽목

먼 북쪽 끝 내 집에서 출발해 하필 7시간이 걸릴 줄이야

목련

긴 겨울 추위에 비틀거리다
꽃샘추위 고스란히 모아
가지 끝 이슬방울에
'할'을 얹고

달궈진 등불로 잠시
봄밤 제 밑동이 비추며 쓰다듬다
봄비에 허물어져
풋사랑 몸살 나서 지 혼자 벗은 몸
절정에 먼 산 뻐꾸기 곧 화답하겠다

또 하루

서리 내린 둔덕에 구절초 피었다

무채색이던 하루가 색을 띤다

네 안에 신神이 들어 있겠다

오늘은 너만 바라보며

하릴없이 지낼 거다

오호라 이런 날도 있구나

그리운 사람들과의 추억은 덤

4부

대 놓고 천형이라 부르짖으며
그들만의 비밀이라는
시詩의 나라

서초동, 그날

아해 1이 물었다 '문학'이 무엇이냐고
오늘은 '모멸'이라고 대답했다
아해 2가 물었다 문학에서 '시선의 비낌'이 무엇이냐고
수치심을 모르는 부끄러움을 감추는 행위라고 대답했다
아해 3은 '기행'과 '추행'의 낱말 풀이를 해보라고 윽박질렀다
그때 문학이 너덜거리는 모습을 보고
나는 이미 긴- 울음을 토해 내고 있었다

남루하게 살아 온 살림살이
비루먹듯 허청거린 날들이
넘치는 절망과 손을 잡았다

곁을 쉽게 준 값 받으러 왔다면
차라리 공손하게 인사할 걸
문학이 실실대며 웃고

슬픔은 명랑하게 온다는 시인을 떠올리며
모지리들끼리

여기 제대로 영혼이 염장되어 버린
나의 모멸과 같은 크기의 모멸을 감내하는 그들과
세밑의 술렁이는 도시로 들어갔다
그날

* 아해 1, 2, 3은 이상의 오감도에서 차용함.

관음觀音

딱히 보여 줄 것도 내세울 것도 없는

갈수록 타인들의 삶은 더 훌륭해 보여

누군가를 위한 노래는 첫 음을 몰라

혼자 조용히 숨어서 짧게 뽑다 길게 뽑다

참말로 이렇게 뻗대며 사는 걸 보여 주는 것도
내 목소리의 음정이라는 걸

사실, 눈부신 날이 제일 힘들다

어느 해

여차하면 미궁 속으로 빠져들다
보내지 못한 편지는 오한으로 남아
대답 않는 달이 지고 나면
삶의 모서리에 찢긴 멍울이 고개를 들어

비로소 늙어가는 얼뜨기가
푸르던 시절만 자꾸 꺼내 보니
지나 온 시간들에게
심한 꾸지람을 듣다
산 부엉이 울음에 가만히 가슴 쓸어내리다

가을이 문밖에 와 있었나
별빛이 바람에 흔들렸었나

방황인 듯 절망인 듯 헷갈려
취하지 않고는 살 수 없었던
다시 돌아가고 싶지 않은

그러나 자꾸만 기억나는 어느 해

원 나잇 스탠드

컴퓨터와 거시기 하고 싶다던 그녀
매스컴의 융단에 누워 창을 내던지고 있어
누구의 심장을 향한 건지 자신도 모르는 채

컴퓨터는 낭만이 없다던 나도
한때 잘박대는 커서 손짓에
희열을 맛보며 희희낙락
얽히는 건 딱 질색이야
뜨거움에 눈이 멀어
하룻밤에 달궈진 몸이
어맛, 해 뜬다

오랜 시간 동안
아무데나 속 곳 풀어헤쳐 난장을 펼치는 몸짓을
여물지 못한 마음을 탓하랴
기운이 남아도는 정열을 탓하랴
그냥 '늑대처럼 살펴 가소서'*

* 이덕완 시집 『늑대처럼 살펴가소서』에서 인용(고비사막에서 손님이 돌아갈 때 하는 인사).

설날

인색하던 눈송이 쉼 없이 내리는 날
서설이라네
자식들이 가져간 내 마음 도착하지 않았네
느려지는 영감 비질 소리
동구 밖 길은 이미 열려
훌훌 풀고 오련만은
무얼 그리 곱씹고 아니 오는가

소주병 꿰차고 영감 사랑채로 간다

다리 뻗고 잠자기는 다 틀린 밤
타향에서 맞는 애들의 설날에도 눈이 올까

요상한 날

지난밤 잠을 설치고
아침에 거울로 본 얼굴
슬쩍 옆으로 보다가
덤덤한 척하는 표정으로 보다가

어 이게 아닌데
넌 누구냐?

동네 어귀에서 오다가다 만나는 그녀들의 얼굴이

상냥함과 헐거움의 미덕은 어디에 빠트린 채
그렇다고 깊숙한 고요가 시선 속에 있는 것도 아닌
창으로 들어오는 아침 햇살에
다 들켜버린 적나라함에 속수무책으로

결국, 나는 어디선가 많이 본
한숨을 아침으로 먹었다

삶이 그러하여

삶이 그러하여…….

이리 하면 될까?

삶은 이러해서…….

저리해야 할까?

참, 인생 만지작거리기만 하다
참, 급하게 서둘러 가는
가는 곳 나는 모르고
나만 모르고?

귀여운 남자들

양손에 무기 들고
새 나가는 구멍이 있는 걸 모르는 채
이것저것 잔뜩 집어넣으려
평생을 엉덩이에 비파 소리 내면서
문지방 넘을 기운이 남아 있을 때까지
그러다 저 죽는지도 모르고
잡히지 않는 것에 안달복달하다가
겨우 몇 가지 잡힌 듯하면
자랑질로 목청 돋우다
사랑을 위해선 모든 걸 던질 줄도 안다고
열심히 공을 들이다
한때 누군가의 영혼을 사로잡기도 하지만
행복이다가 불행이다가
어설픈 우리의 인생을 함께 살다 가야 하는
그래서 안쓰럽고 귀여운 남자들

그들만의 비밀

누구도 친절하게 알려 준 적 없는
알 만한 사람들만 안다는
그래도 하늘과 바람은 알고 있는 듯도 한
삶이 후드득 꺾이고 나서도 창창하게 살아 있을
평생을 헤매다 가더라도 다음 생에 다시 찾아오고 싶은

못난이끼리 아득해져서 등 토닥거리며
그냥 삶이 오체투지와 다를 바 없다고
민감함은 한쪽 주머니에 꿰차고
여림은 살갗으로 들켜버려
아주 예민한 촉수를 드러내고

대놓고 천형이라 부르짖으며
그들만의 비밀이라는
시詩의 나라

환절기

세상 모두에게 너그럽기만 한 그녀가
삶에 꾹꾹 눌러왔던 한기를
잔기침으로 쏟아내더니
고샅길을 저벅저벅 걸어서 갑니다
아직은 해그림자 남아 있어
눈빛에 영롱한 말들이 이음새를 짓고
자신의 어깨에 쏟아지는 투명한 볕을 가득 이고

누구나 일생에 한 번 맞이하는 지금
늙는 것도 처음이라
우린 치유할 방법도 잘은 모르겠으나
그저 가슴에 멍일랑 털고
후회를 밥 먹듯 해도
자신을 가만히 어루만지다
기침 몇 번 쏟아내고
슬쩍
웃으며 맨발로 흥얼거리며
돌아오면 좋겠네

한 시절이 저만치 가고 있네요
새로운 계절이 다가 오네요

중년

자고 나면 바람 빠지는 소리
아직은 여기저기 오갈 데가 많아 하루가 짧은
인생을 조금은 알 것도 같은
젊은이들과 경쟁해도 아직은 지지 않는다고
지금의 날들이 꽤 오래 갈 거라 믿으며
아주 가끔은 자신의 어릴 적 꿈을 되짚어 보기는 하지만
남모르게 한숨 한 번 쉬고 털어버리고는
바로 일상으로 숨어들어 나는 아니겠지

늙어도 자신은 기운 빠지는 삶을 살지 않겠노라고
우쭐대며 입찬소리 하는
나이 먹은 어린 애

2월 즈음에

건너가는 달
가슴에 벌판을 달려오는 바람을 품고
곤곤한 태양에 겨우 몸 데우고
질척이는 마당 서성거리다
슬쩍 창문가에 햇빛 한 줌 버려 놓고
부아가 치미는 지
사정없이 문풍지 흔들며
봄 받으러 오세요
봄이 헤퍼지기 전에

단술

봄부터 가을까지 우린 밭에서 논다
밭 끝에서 시작해 고랑 중간쯤에서 만나
허리 펴고 흙발을 털면 묻어나는 허기
허겁지겁 밥숟갈을 입에 넣으면
애정선 어딘가에 잔금이 또 하나 그어졌을까

서로의 임종을 지킬 수 있다는 바램이 이루어진다면
더 없이 좋을시고
지나온 시절이 누룩이 되겠지

서산마루에 어스름 초저녁별이 뜨면
이땐, 서로의 눈빛이 보이지 않아서 좋아
그냥 느긋한 마음으로
헐렁거리는 홑바지에 흙 묻은 손 문지르며
탁배기 한 잔 털어 넣고

캬 술은 가난뱅이 농군의 술이 제일 맛나지

술 묻은 입술에 박꽃이 피어나는
술이 달디 단 이유였구나.

기다림

애초 갇혀 버린 방에서
열병의 행성에 잠시 불이 켜졌다가
천식 같은 세월을 펼쳐 놓고
마디마다 쇳소리 징하게 매달고
허약한 기운은 밤마다 헛소리를 달구어
염장은 소금으로만 하는 게 아녀

벌 받듯 살아온 가슴에
혼곤한 숨소리 들으며
결 고운 잠이 들 날

도망치려는 영혼 자존심에 매다는 중

흙의 상상력과
구원의 동굴벽화

- 이 덕 완(시인)

흙의 상상력과 구원의 동굴벽화

이 덕 완(시인)

시집 발문은 처음이다. 문학적 비평도 문외한이다. 그러니 딸기 따듯 시를 콕 찍어 주저리주저리 인용하지 않겠다. 수박 가르듯 쩍쩍 쪼개고, 제멋대로 씨를 발라내지도 않겠다. 그냥 지나가는 땡중이 바람 부는 대로 내뱉은 공염불에 다름 아닐 것이다. 시는 시로 감상하시고 이 발문은 뒷글로 봐주시기 바란다. 모르니까 아는 소리 못 하고, 조금 아는 건 아는 체 하기에 부족하니 말이다. 한 권의 시집이 세상을 구원한다거나, 문학적 쾌거를 이뤘다고 호들갑 좀 떨지 말자. 그런 건 없다. 유명선의 시집 또한 그렇게 보편적 특별함의 탄생이다.

어? 추수 끝난 콩밭을 직박구리 열심히 더듬고 있네, 있어

– 「염치와 수치 사이에서」 중에서

유명선의 상상력은 흙에서 나온다. 언어의 가시를 뽑고 그 살에서 흙먼지가 일 때 그녀의 시는 비로소 향기로운 흙 맛을 품는다. 그녀가 떠나온 곳, 이미 늙어 버린 그리고 지쳐 버린 저 곳에서 흙으로 돌아온 시인은 조금씩 흙을 파내 동굴을 만들었다. 충분히 잉여적이지 않지만 상실이 없는 결핍을 통해 구원의 사유를 체득하였다. 서정적 자아나 시적 화자의 자기 구원은 스스로 겨울을 견딘 연두색 경건함이다.

忽聞人語無鼻孔

頓覺三天示我家

홀연 콧구멍이 없다는 말을 들었네

우주가 바로 내 집임을 알았네

– 「경허 오도송」 중에서

빛을 등진 자의 얼굴은 보이지 않는다. 동굴 속을 향해 앉은 검은 등만 그 크기를 말해 준다. 喝! 누구인가? 밖은 지금 달빛

이 가득할 것이다. 달 내음이 동굴 깊숙이 찰랑대니 말이다. 실루엣으로도 충분히 그가 경허(鏡虛)임을 알 수 있다. 삼수갑산(三水甲山)에 나타난 경허는 탈속의 페르소나를 쓰고 백면서생으로 위장했다. 유명선과 경허의 겹침은 구도와 환속의 교집합이다. 콧구멍 없는 소의 코뚜레를 잡고자 그녀는 시를 쓴다.

집이란 우리 냄새로 단단해지는 곳이 아니었나

-「삶이 진실에 베일 때」 중에서

유명선의 시는 비탈길을 오르다 스스로 깨우친 오도송이다. 술만 마시면 욕처럼 뱉던 자폐의 언어는 비탈을 구르며 간장소금으로 응고되었다. 비탈의 통찰력이다. 호미로 밭을 일구다가 개 불알처럼 툭 튀어나온 돌멩이가 떼구르르 굴러 시어가 되었다. 함부로 구르는 언어지만 결코 개골창에 빠지지 않는다. 얼음을 깨고, 박힌 돌을 뽑고, 죽은 나무를 부러뜨린다. 모든 선지식들이 나중에야 깨달은 자들이듯, 그녀의 시는 늦바람이 지난 한참 후에야 시지프스의 돌을 굴려 올리며 비탈을 오르는 창랑의 노래이다.

멀리 비행기 지나간 흰색 띠를 아득히 바라보다

지나온 시절의 화인을 들추며 들락날락

- 「참회」 중에서

시를 자기구원이라고 믿는 건 참 오래된 신앙이다. 이 구도자에게 참회란 '화인을 들추'는 행위다. 그래서 모든 고갯마루에는 구도자의 쉼터가 있다. 그녀는 그곳에서 먼 길을 가늠한다. 산들이 겹치고, 물줄기가 사라지고, 아득히 소멸되는 저 소멸의 풍경 어딘가에 구원의 동굴이 있기 때문이다. 멀리 기억의 보금자리가 있고, 같은 피가 섞인 생명들이 산다. 그 기억을 흙으로 덮고 땅의 지심(地心)을 기다린다. 구도자가 지팡이로 땅을 짚는 이유다.

풋사랑 몸살 나서 지 혼자 벗은 몸

절정에 먼 산 뻐꾸기 곧 화답하겠다

- 「목련」 중에서

유명선은 오물을 털어내고 대신 흙을 뒤집어 쓴 시인이다. 언어의 무게는 유명선의 기를 누르지 못한다. 어떤 작음은 어떤 큼보다 더 크다. 화장을 지운 여자는 엄마와 동격이다. 조미료가 제거된 유명선의 언어에서는 '길들여지지 않은 야생의 뚱딴지' 맛이 난다. 그것은 '조용히 땅과 내통한' 자만의 레시피에서 나온다. 아주 잘 삭은 강원도 곰취장아찌처럼 그녀의 고통과 추억과 설움은 췌장 깊숙이까지 배어 어느 산속 고을 목 쉰 주모의 노랫가락이 되었다.

샛강엘 다녀왔지
겨울 강변은 조용한 줄 알았는데
강물이 '끄엉끄엉'
소리를 내며 울고 있었어

-「겨울 강변에서」 중에서

유명선은 도플갱어의 시선으로 자신을 응시한다. 스스로를 타자화하여 각성의 비탈길을 오른다. 그래서 그녀의 시선은 우주적임을 거부하고 지극히 대지적이다. 그 대지적 응시에서 동굴의 깊음이 패인다. 내가 나를 보기 위해서는 내 안으로 들어가야 한다. 그리고 거기에 자신을 남겨두고 눈알만 밖으로 나와야 한다. 선승들이 눈을 감는 이유는 눈알이 없기 때문이다.

그저 한생을 땅만 쓰다듬다 가네

흙의 저릿한 말만 잔뜩 품고 가네

- 「민들레」 중에서

유명선의 성찰은 대지, 특히 흙에서 나온다. 그렇다고 여성성
이니 자궁성이니 하는 진부함을 들추지 않는 게 좋다. 흙은 그
냥 흙이어야 흙이다. 그 흙을 파내고 또 파내면 동굴이 된다. 흙
속에 우주가 있으니 그게 동굴이다. 딱따구리처럼 제 가슴에 호
미질을 한 게 얼마던가. 그러다 어느 날 똬리굴처럼 출구에서
제가 들어간 입구가 보인다. 굴은 점점 깊어지고 입구의 환함은
원근법을 따라 작아져 하나의 밝은 점이 된다. 구원이다.

누군가가 열차를 기다리며 앉았다 떠난 의자에

삶을 집어치울 것처럼 털썩 주저앉아

이 밤엔 더는 오지 않을 것을 알면서

날 속인 모든 시간들을 향해

그래 이젠 안녕

- 「춘천역에서」 중에서

번잡한 도시는 그녀의 기억이 묻힌 무덤이다. 부활과 해탈은 무덤을 떠남으로써 성취된다. 공간이동으로 유명선은 강원도 양구에 터를 잡았다. 한반도의 중심이라지만 실은 오지에 변방이다. 선녀의 비단옷 대신 샤먼의 방울 쩔렁대는 사계절의 채색 옷을 입었다. 그래서 그런지 그곳 양구의 달은 유난히 크고 밝다. 이미 늙어 버려 더 늙을 게 없는 젊은 여인처럼 달은 이 산 저 산에서 불끈불끈 솟아 불콰하다. 유명선은 그 달빛을 찍어 시를 쓴다. 제 뜨거움에 익숙한 사람만이 가능한 행위다. 그녀의 시에서 그리움이든 이별이든 기억들이 달덩이로 솟는 이유다.

지나온 시절이 누룩이 되겠지

-「단술」 중에서

내가 아는 유명선의 주량은 남성을 능가한다. 그게 자랑은 아니지만 그녀에게 술은 일종의 초월을 위한 각성제다. 뜨거운 몸뚱어리에 어떤 허기가 밀려들면(그때는 태양의 뜨거움이 식어갈 때다) 알코올을 연료로 몸을 데운다. 휘발되어 버리고 남은 술지게미의 언어가 오롯이 그의 시로 익는다. 그녀의 언어는 언제나 발효에 친연성을 갖는다. 흙을 먹는 화사(火蛇)! 뜨거운 뱀

108

이 붉은 꽃을 토한다. 화사(花蛇)!

-「섣달그믐」 중에서

유명선은 문자로 시를 포획하지 않는다. 그녀가 겨누는 것은 언어 너머의 심장이다. 펄떡거리는 심장 뛰는 소리가 들릴 때, 그녀의 심장은 못갖춘마디로 공명한다. 보이지 않는 송이버섯을 가랑잎 속에서 찾아내듯, 그녀의 심장은 때 없이 불쑥 솟아 말랑말랑한 돌멩이가 된다. 그것은 익숙함도 낯설음도 아닌 일상의 새로움이다. 돌멩이의 언어이다. 도시에서 돌멩이는 은폐되거나 박제된다. 벽돌과 철근과 콘크리트로 정석의 언어를 쌓는다. 개별과 단독과 유일은 탕자로 낙인된다. 귀환의 탕자로서 유명선은 그래서 보이지 않게 '선명'하다.

아유 이 사랑을 모를 리가

벌써 씨방에 말캉한 양기 들어앉을 시간

-「여름날 오후, 애愛」 중에서

시가 어렵다거나 난해하다는 흔한 지적은 시의 정직성 결여
에서 온다. 형식의 복잡성이나 이미지의 혼란스러움은 화장발
로 덧칠한 은폐의 함정이다. 유명선에게는 그러한 몰정직성이
없다. 민낯의 시는 그녀에게 충분히 진정성을 노래하게 한다. 그
러니까 그녀의 시에서 기시감(데자뷰)은 표현이 아니라 탐색이
다. 감각이 제거되고 리듬이 고정된 자리에 유명선의 시가 더
확고해지는 현상에서 사유의 숙성을 맛본다.

늘 살 만큼 사셨다고 노래하시는 앞집 구순 할머니에게
숨도 안 쉬고 물어 봤더니

댓돌 아래 떨어진 신발 허겁지겁 신고 나오는 나를
물끄러미 바라보며 눈만 껌뻑거릴 뿐

뭔 말인가 들은 것 같기는 한데…

-「그래도 인생은 즐거워?」 중에서

110

고독을 고독으로 독해하는 법을 유명선은 안다. 고독의 천형은 항체와 항원이 모두 고독이다. 동굴의 언어는 벽화로 이미지화된다. 어둠 속에서 확연히 형상화되는 생수의 언어, 자기구원이다. 결론적으로 유명선의 시는 고독 뒤에 나타나는 발열이다. 그것은 지독하게도 경허와의 도플갱어를 수반한다. 콧구멍 없는 자신에게 구멍을 뚫어 숨을 쉬게 하는 일, 유명선은 그렇게 시를 쓰고, 그래야만 산다. 불을 꺼야만 보이는 구원의 동굴벽화…. 동굴 속에서 강이 흘러 도화 꽃잎 도도하게 흐른다.

봄은 사무친다는 또 다른 이름
ⓒ 유명선, 2020

지은이_ 유명선

발행인_ 이도훈
펴낸곳_ 도서출판 도훈
초판발행_ 2020년 4월 8일

사무실_ 서울시 서초구 법원로3길 19 2층, w109호
       (서초동, 양지원빌딩)
전   화_ 010-6722-4621, 0507-1453-4621
팩   스_ 0504-227-4621
이메일_ flyhun9@naver.com
홈페이지_ www.dohun.kr

ISBN_ 979-11-89537-37-1 03810
정 가_ 10,000원

「이 도서의 국립중앙도서관 출판예정도서목록(CIP)은서지정보
유통지원시스템 홈페이지(http://seoji.nl.go.kr)와 국가자료공동목록
시스템(http://www.nl.go.kr/kolisnet)에서 이용하실 수 있습니다.
_CIP2020013188」

〈도서출판 도훈〉은 수익금의 일부를 학생들을 위한 장학금으로 지급하고 있습니다.